Roland Lampe

Alles dreht sich um nichts

Kurzprosa

ERATA
Literaturverlag

Illustrationen von Jürgen Peters

Gleichgültigkeit

Seine Sinne sind erfroren, sein Körper ist ein Eiszapfen,

und wenn er den Mund aufmacht, schneit es.

Pilze suchen

Der eine sucht Streit, der andere sucht die Wahrheit, ich suche Pilze.

Es soll ja Leute geben, die haben, während sie Pilze suchten, die Wahrheit gefunden.

Es soll auch Leute geben, die haben, während sie Streit suchten, die Wahrheit gefunden.

Und es gibt Leute, die suchten die Wahrheit und begannen sich zu streiten, um die Wahrheit zum Beispiel.

Und es gibt auch Leute, die suchten Pilze und begannen sich zu streiten, um einen Pilz zum Beispiel.

Aber ich habe noch nie von Leuten gehört, die Streit suchten und Pilze fanden.

Und noch nie von Leuten, die die Wahrheit suchten und Pilze fanden – nicht einmal einen giftigen.

Der Zeigefinger

An der Hand des alten Mannes fehlt der Zeigefinger.

Seine Kinder kann er nun nicht in altbewährter Pose vor ihren Fehlern warnen –

er lehrt sie denken.

Im Hof

stehen drei Bäume, sie allein wären ein Grund, hier zu wohnen.

Seit drei Jahren wohne ich hier, und kenne noch nicht einmal ihre Namen.

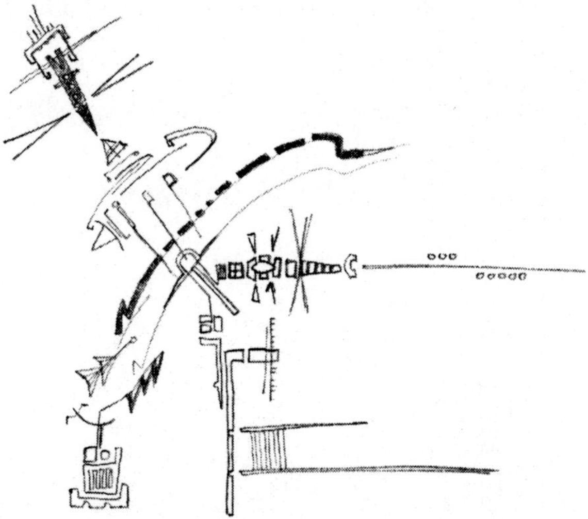

Fortschreitende Bitte

Ich möchte nicht, daß Du denkst, ich hätte mit einer anderen –

ich möchte nicht, daß Du denkst, ich hätte mit –

ich möchte nicht, daß Du denkst, ich –

ich möchte nicht, daß Du denkst –

Dämmerung

Du liegst schuldlos wie ein Kind, und sie tritt lautlos ins Zimmer, die Nacht, Deine Mutter, die Dir alles verzeiht.

Du bist die Nacht, und lautlos trittst Du ins Zimmer Deiner Mutter, die schuldlos liegt wie ein Kind.

12.08.1991, 13 Uhr

Vor einer Wand des Klosters Bebenhausen, das 1187 gegründet wurde, 1566 wurde es evangelische Schule,

und Mörike war hier, 1863, und schrieb die „Bilder aus Bebenhausen", und in die Wand ist eingekratzt: Beyer, H., Neyfen, 1752 –

steht meine Wenigkeit, im Jahre 1991.

Erinnerung

Einer lehnte am Fenster, tagein, tagaus, und sah hinaus.

Ein anderer ging auf der Straße vorbei und erinnerte sich, zuweilen jemanden am Fenster gesehen zu haben.

Ein dritter strich die Straße aus dem Stadtplan.

Was sind schon Worte

gegen Moneten, mit ihnen kann ich nichts kaufen, kein Butterbrot, und um die Welt nicht reisen, wer aber die Moneten hat, kann meine Worte drucken, oder auch nicht, sondern Golf spielen oder Truthahnschenkel essen.

Was sind schon Worte gegen Fäuste, wer sie nicht hören will, versperrt die Ohren sich, und wer nicht lesen, sieht nicht hin, so einfach ist das, ein Faustschlag aber, und ich liege wortlos flach.

Was sind schon Worte gegen Worte, wer dreimal lügt, dem glaubt man, und Gehör findet, wer am lautesten schreit.

Warten

Auf wen oder was warte ich eigentlich? Auf Rettung von Oben, auf die Einsicht der Mitmenschen, Erlösung durch den Tod? Oder auf den Bus?

Hier fährt schon seit Jahren keiner mehr.

Der Höhepunkt des Tages

Eine Million Euro, wir nehmen auch zwei, in drei Sekunden an der Börse, um sie gleich darauf wieder zu verschenken, an einen armen, sich selbst verschenkenden Maler oder Poeten oder Malerpoeten,

oder ein Stück Torte, Apfel oder Kirsch, mit Sahne natürlich, in einem stillen Café, serviert von einer blonden Schönheit, die sie, die Torte, selbst gebacken,

oder das Wiedersehn mit einer Jugendliebe, die man dreißig Jahre nicht gesehen, und das Herz hüpft immer noch, oder von neuem (besser noch: sie wäre die stille Schönheit, wir erinnern uns, in dem blonden Café),

oder ein Buch, das man geschrieben, darin, auf einer Bank im Park, ein Fremder – ist's der Maler? – sich vertieft: gefesselt, selbstvergessen, glücklich.

Für Alfred

Aus dem putzneuen Haus drang Kindergeschrei auf die Straße hinaus, als der Mann zog mit seinem Karren vorbei.

Aus dem sauberen Haus sah ein Ehegespann auf die Straße hinaus, als vorbeizog mit seinem Karren der Mann.

Aus dem bröckelnden Haus schauten alten Narren auf die Straße hinaus, als der Mann vorbeizog mit seinem Karren.

Wächterpappeln (An der Mulde I)

Einst gepflanzt hier im Muldenland, um Fremden den Weg zu weisen: hier beginnt er, hier endet er, hier kreuzen sie sich.

Nun überragen sie, hochgewachsen, Häuser, Hügel und anderes Gewächs, aber die Wege sind verschwunden oder zugewachsen oder asphaltiert.

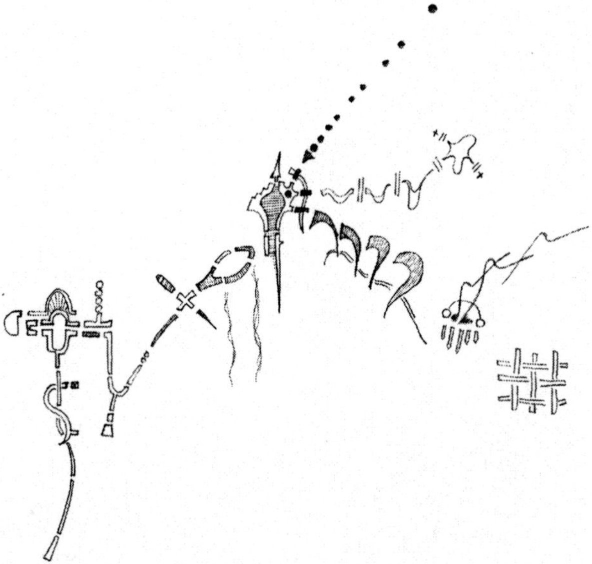

Hälfte des Lebens (An der Mulde II)

In K. ging ich jeden Tag an einem Häuschen vorbei, vor dem eine alte Dame saß, zwei Katzen schnurrten zu ihren Füßen.

Ach, früher sei alles viel „scheener“ gewesen, erzählte sie, da habe sie jedes Jahr bei der Kartoffelernte geholfen. Und was wachse jetzt auf den Feldern?

Und ihr Alter habe sie sich auch anders vorgestellt, sie sei allein und könne das Grundstück nicht mehr verlassen, die Katzen seien ihre einzige Freude. Ich hingegen habe sicherlich Familie, Frau und Kinder.

Ich ließ sie in dem Glauben, schließlich war es immer mein Traum gewesen, im Alter vor einem Haus auf einer Bank zu sitzen, zwei Katzen schnurrend zu meinen Füßen.

Eisvogel (An der Mulde III)

Heute habe ich meinen ersten Eisvogel gesehen, bei Bahren an der Mulde.

Kondore habe ich gesehen, Spatzen und Schleiereulen (erstere und letztere nur auf Fotos), einen Eisvogel aber noch nie.

Die Hoffnung hatte ich schon aufgegeben, mich sattgesehen an Spatzen und Fotos.

Hellblau glänzte sein Gefieder, als er strich übers Wasser.

Meinen ersten Eisvogel habe ich heute gesehen, an der Mulde bei Bahren.

Nun muß ich mich entscheiden, für immer hierzubleiben, oder für immer fern.

An der Mulde IV (Spaziergänge)

Ich ging mit einem amerikanischen Musikprofessor spazieren, er hieß Yehuda und war 69 Jahre alt. Er hatte viele Fragen, ich erklärte ihm die Welt, und zum Schluß gab ich ihm ein paar Ratschläge mit auf den Weg.

Ich ging mit einem jungen Pianisten spazieren, er hieß Andrei, kam aus Rumänien und war 23 Jahre alt. Er hatte schon in New York gastiert und in der Philharmonie. Ich war schüchtern wie ein kleiner Junge, fast hätte ich geschrieben, wie ein kleines Mädchen, schwitzte und stotterte und ließ mir von ihm die Welt erklären.

Vorfrühling

Hol den alten Gaul aus dunklem Keller, muß ihn halten, muß ihn zügeln, seine blinden Hufe schlagen, denn er riecht den gelben Himmel.

Steige auf und jage – in das weiße Spinnennetz.

Arme(,) Reiche

Arme haben in der Regel Arme, Reiche Reiche nicht.

Arme können tragen, ihr Schicksal zum Beispiel, das Schicksal von Reichen ist es, unterzugehn.

Arm und Mut gehören zusammen, man spricht auch von Armut, im Zusammenhang mit Reich von Tum, dem Gegenteil von Mut also.

Reiche können verarmen, Arme können sagen: es reicht.

Meine Stunde

Meine Stunde schlüge, wenn während einer Lesung, ich läse gerade eine traurige Geschichte, in deren Mittelpunkt, wer sonst, ich selber stände,

eine schöne junge Frau, die gebannt gelauscht hätte, plötzlich aufschlüchze und hemmungslos zu weinen begänne.

Das wäre meine erste Stunde als Dichter, aber auch meine letzte als Mensch.

Begegnung 1

Ein einsam stehendes Haus, davor eine Bank, darauf ich, einen Zug sehend, der vorbeijagt in Richtung Stadt.

Ein dahinjagender Zug in Richtung Stadt, darin ich, ein einsam stehendes Haus sehend, davor eine Bank.

Ein hoffnungsfrohes Paar

Nach fünf Semestern Studium der Psychologie, und nach fünf verschiedenen Therapien, und die kosteten jeweils fünftausend Euro,

und nach fünf Jahren Zank und Streit, und nach fünfhundert klärenden Gesprächen

gelang ihnen heute der erste Kuß seit fünf Jahren, und er dauerte immerhin eins zwei drei vier fünf Sekunden.

Da soll noch einer behaupten, die Mühe habe sich nicht gelohnt.

Inniger Wunsch

Ach, ich möchte ein Trinker sein, mit einer Flasche in zittriger Hand.

Ich möchte ein Mörder sein, zehn Menschenleben auf dem Gewissen.

Oder ein Irrer möchte ich sein, lallend und festgeschnallt.

Ach, ich möchte ein trinkender mordender Irrer sein, dann wäre ich wenigstens etwas.

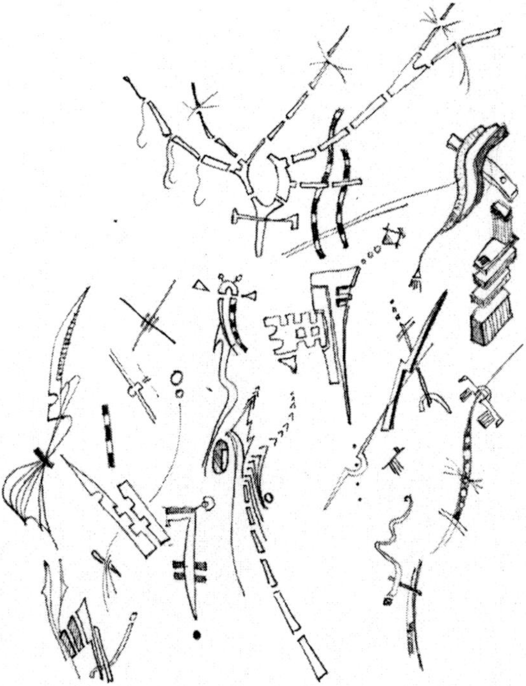

Einspruch

Er begehrte (fast) jede Frau, mit der er mehr als drei Worte wechselte.

Alle Frauen, die mit ihm mehr als drei Worte wechselten, begehrten ihn nicht. Fast.

Hinterhof, nachts

Jemand steht neben meinem Bett –

ich habe das Gefühl, daß jemand neben meinem Bett steht –

aber es gelingt mir nicht, die Augen zu öffnen, um mich zu vergewissern, ob jemand neben meinem Bett steht –

und wenn ja, wer.

Vielleicht ist es ja der Kastanienbaum aus dem Nachbarhof, der schlafwandelt –

oder der Nachbarhof aus dem Schlafwandler, der kastanienbäumt –

oder der Schlafwandler aus dem Kastanienbaum, der nachbarhöft –

oder die Hofkastanie aus dem Baumschlaf, die wandelnachbart –

oder der Nachbarbäumer aus dem Kastanienwandel, der hofschläft –

oder der Hofwandler aus, der –

schnarch.

Schriftstellerehepaar

Ihr Blick sprach Bände, seiner lediglich eine Kurzgeschichte.

Eßt nicht um Eins!

Eßt nicht um Eins! Wir aßen immer um Eins am Wochenende, pünktlich auf die Minute.

Eßt nicht um Eins! Samstags gab es Eintopf und Sonntags Braten, jahrein, jahraus.

Kommt essen! rief meine Mutter pünktlich um Eins, aber wascht Euch vorher die Hände!

Und manchmal auch: Sagt Vater Bescheid, er soll Getränke aus dem Keller mitbringen.

Und wenn wir saßen, fragte sie, ob wir uns denn auch die Hände gewaschen hätten.

Am Tisch wurde nicht geredet, außer: danke, bitte (Kinder sowieso nicht).

Ach ja, meine Mutter sagte manchmal: Halt die Gabel richtig! Oder: Sitz gerade!

Ich saß immer ängstlich, geduckt, träumte mich weg und stopfte mich voll.

Und beobachtete, wie mein Vater sich vollstopfte, hörte ihn kauen und schlucken.

Eßt nicht um Eins! Wer um Eins ißt, wird unglücklich, verliert seine Arbeit und findet keine Freunde.

Kampf

Jeder ist mein Feind, ich zuallererst, ich traue niemandem, schon gar nicht mir selbst;

ich kämpfe gegen alle, vor allem gegen mich, und wenn ich gewonnen habe, bin ich verloren.

Für Greta (Porträt 1)

Wir sind die besten Freunde, so lange ich denken kann, sie kann schon achtundvierzig Jahre länger denken. Sie lebte früher in einem großen alten Haus abseits der Straße, das für mich ein Schloß war, und sie war die Königin. Wir redeten oft über Gedichte oder über Fußball oder über Katzen. Seit drei Jahren liegt sie im Pflegeheim, sie war gestürzt, hinzu kam ein Schlaganfall, der seitdem ihr Sprechen behindert. Ich besuche sie regelmäßig, sie spricht immer undeutlicher, man versteht immer weniger.

Heute brachte ich ihr einen Katzenkalender mit, aber sie winkte nur ab, wollte etwas sagen, nahm etliche Male Anlauf, ich saß still an ihrem Bett und verstand kein Wort. Ich verstehe Dich nicht mehr, sagte ich, daraufhin begann sie zu weinen, ich sah betreten zu Boden. Als ich fragte, ob ich jetzt gehen solle, nickte sie schwach, als ich schon in der Tür war, hörte ich sie sagen: Komm nicht wieder, aber es kann auch sein, daß ich mich geirrt habe.

Die vielen Tage

Die vielen Tage, nur Blätter im Kalender: abgerissen, zerknüllt und weggeworfen.

Gehofft, worauf eigentlich, gewartet, auf wen überhaupt.

Nichts ist eingetroffen, niemand ist gekommen; die vielen Tage, nur Kalenderblätter.

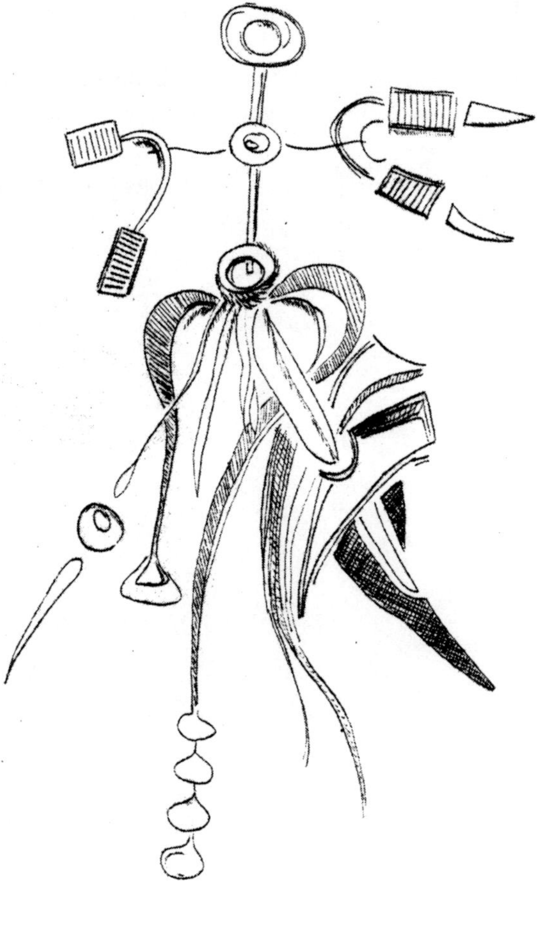

Brillenträger

Als er jung war, setzte er die Brille auf, um die Welt besser sehen zu können.

Nun, im Alter, nimmt er sie oft ab, um die Welt nicht mehr sehen zu müssen.

Suff

Der eine tröstet sich mit Nachruhm, der andere verlangt nach Rum.

Der eine rühmt sein Verlangen, der andere rammt seinen Nachen.

Was soll der ganze Ruhmel? Besoffen sind beide, aber auch allein.

In der Wüste I

Die Stille sprach, ich wollte nichts hören, und schrie.

Ich höre, doch sie schweigt, die Wüste in mir.

Ernüchterung (Wüste II)

Die Wüste ist endlos, dachte der Dichter erleichtert, und lief und lief.

Und als er sie durchquert hatte, stand er doch wieder vor seinem Schreibtisch.

In der Wüste III

Wer jemals sie betreten hat, der wird sie nie wieder verlassen.

Auf dem Dromedar (Wüste IV)

Irgendwie gibt's immer noch Hoffnung, aber nicht auf dem Rücken eines Dromedars.

Und ich frage den Führer, ob schon mal einer hinuntergefallen sei, und er antwortet: Nein.

Aber was soll er auch sonst sagen, und das Tier kann man ja nicht fragen.

Posten

Der Posten ist frei, der Posten ist besetzt.

Er tritt seinen Posten an, er verabschiedet sich von seinem Posten.

Ein Posten im Westen, ein Posten im Osten.

Er starb auf seinem Posten, er verzichtete auf seinen Posten.

Ein verlorener Posten, ein begehrter Posten.

Er wechselte seinen Posten, er blieb auf seinem Posten.

Ein Posten bei der Post, ein Posten bei den Forsten.

Menschen kommen und gehn, Posten niemals rosten.

Fensterbrett

Ich muß nicht in die weite Welt verreisen, ich lege mich ins Fenster –

und die Welt kommt zu mir.

Sonntagvormittag

Nur am Sonntagvormittag erfährst Du, wer Du wirklich bist.

Du stehst in aller Frühe auf, denn im Bett entdeckst Du, wen oder was hast Du erwartet, niemanden außer Dich selbst. Still ist es in der Wohnung, nicht einmal der Wasserhahn tropft, und Du läßt einen fahren, um Dich Dir selbst bemerkbar zu machen. Muß ich die Wäsche wechseln? Was für Wetter haben wir heute? Welchen Sinn hat das eigentlich alles? Das sind so Fragen. Und während Du Dein einsames Ei löffelst, grübelst Du, ob Du Dir nur eine Zeitung holen oder ob Du bei einem Freund klingeln willst.

Lächelnd drehst Du Dich noch einmal auf die andere Seite, denn Du hast alle Zeit dieser Welt. Still ist es in der Wohnung, nur ein Wasserhahn tropft, und die Frau, die Du liebst, Du hast es ihr vorhin erst wieder bewiesen, setzt in der Küche Teewasser auf, wobei sie mit dem Kind

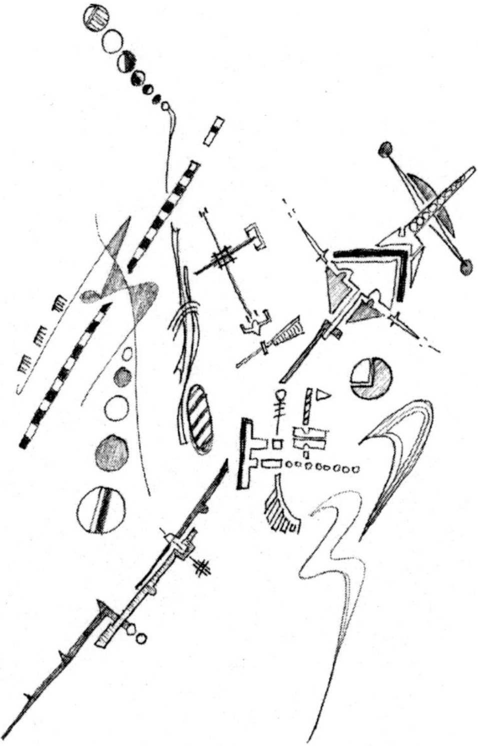

flüstert, das schon zehnmal nach Dir gefragt hat. Du selbst hast keine Fragen, und Du hast auch keine Antworten, Du hast nur den Wunsch, es möge jetzt niemand klingeln.

Nur am Sonntagvormittag erfährst Du, wer Du wirklich bist.

Unterwegs 1

Dein Gesicht ist jetzt so weich, sagte sie, doch sofort fuhren meine Züge fest.

Das hättest Du nicht sagen dürfen, rief ich, bevor ich ausstieg.

Kein Traum

Er lag nachts oft wach und fragte sich, warum er nicht schlafen konnte.

Würde er sich nicht fragen, so könnte er womöglich schlafen, würde er schlafen, so könnte er sich nicht fragen.

Einmal träumte er, er schliefe fragend, aber ein Traum ist ja keine Antwort.

Biographie

Das ist die Geschichte meiner Mutter, sie ist gestern gestorben.

Vor zig Jahren hat sie mich geboren, jährlich kommt eines hinzu.

Anschließend erzogen, abschließend ist sie gestorben, gestern.

Und ich lebe noch, der einzige noch lebende Zeuge des Lebens meiner Mutter.

Ihre Geschichte versuchte ich hier aufzuschreiben, dafür lebte ich.

Keine Angst

Ein Bett in einem Stübchen unter dem Dach,
frisch bezogen mit schneeweißem Linnen,

und eine auf einer Fensterbank sich rekelnde Katze, die wohlig schnurrt,

und ein alter Herr im Mantel, der spazierengeht im Park, eine dicke Zigarre im Mund,

und ein gelber Schmetterling, der sommertrunken über eine stille Wiese taumelt,

und eine einsame Wolke am blauen Himmel,
die sich langsam in Luft auflöst,

und ein in weiter Entfernung über eine Brücke fahrender Güterzug, von einer Dampflok gezogen,

und ein unter feuchtem Farnkraut verborgener Steinpilz, auf dessen Hut ein Käfer krabbelt,

und der erste Rauch aus dem Schornstein, der in der Frühe in die klare, kalte Winterluft steigt,

machen mir keine Angst.

Lektüre

Ständig gestört werdend von ihr beim Lesen eines Buches, welches spannend, verlor er die Nerven und schlug zu.

Es.

Aufstehn

Ich stehe auf, doch keine Angst, ich frage nicht, warum.

Man ist erzogen worden so, und alle machen es, die einen früher, die andern später, tagein, tagaus, ein Leben lang.

Dumpf ist mein Kopf, mein Herz ist kalt, mein Leib ist schwer, doch was geschehe, wenn ich liegenbliebe?

Ich stehe auf, doch keine Angst, ich frage nicht, warum.

Genugtuung

Man stelle sich einmal vor, man spränge aus dem Fenster im dritten Stock (in dem man wohnt), was gäbe es unterwegs nicht alles zu sehen...

Zum Beispiel den Herrn Schmidt, der mit seiner Familie: ganz reizende Frau, zwei Kinder, der Junge ganz der Vater, das Mädchen die Mutter natürlich, fröhlich lachend am Abendbrottisch sitzt, an dem man auch gern einmal sitzen würde, weil man im Grunde doch auch (nur) ein fröhlicher, lachender Familienmensch und -vater ist, auch wenn es niemand für möglich hält, eingeschlossen und zuletzt man selbst.

Und die junge Nachbarin zum Beispiel, die sich, auf einem Bein tänzelnd, gerade entkleidet, wobei man ihr gern einmal behilflich sein würde, weil man im Grunde doch auch nichts anderes im Kopf hat als sich entkleidende, entkleidete Frauen, auch wenn man sich immer und noch so gleichgültig gibt.

Und die beiden Alten schließlich, die es sich gemütlich gemacht haben bei Schnaps – feiner Weinbrand – und Zigaretten – stark und würzig – auf weichem Sofa, auf dem man auch gern einmal sitzen würde, um zu vergessen, was man vergessen möchte, und um sich an das zu erinnern, was das Leben schön macht (denn Abstinenz ist ohnehin nur eine Pose, die man eines Tages bitter bereuen würde).

Kurzum, alles Menschen, die man schon lange nicht mehr gesehen hat, und noch nie bei dieser Gelegenheit; da lohnt sich so ein Sprung doch allemal, zumal es endlich einmal gelänge, auf sich und seine Wünsche aufmerksam zu machen, welch ein Genugtuung!

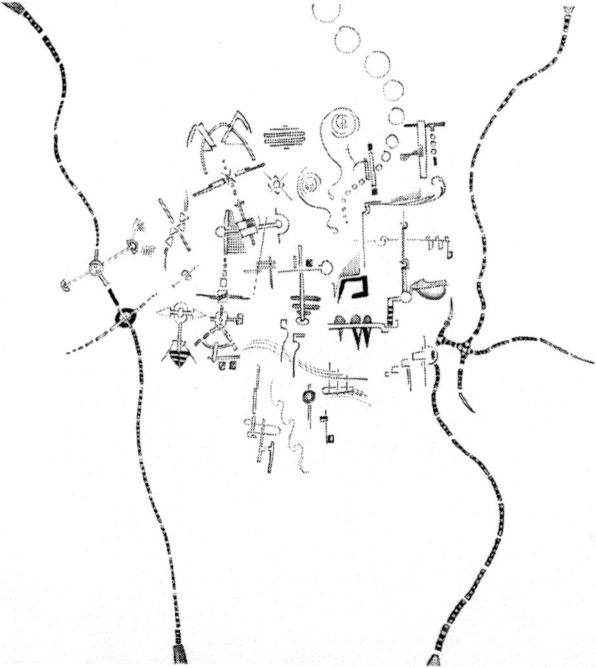

Der Dichter auf dem Tanzboden

Wenn er am Computer sitzt, ist er der Herr der Welt, seine Phantasie kennt keine Grenzen, auf ihren Flügeln schwebt er dahin, und alle tanzen nach seiner Pfeife.

Wenn er eine junge Frau zum Tanzen auffordert, ist er linkisch und unbeholfen, tapst herum wie ein Bär, stammelt dummes Zeug, mit einem Wort: eine Pfeife.

Schicksal, junge Frauen haben kein Mitleid mit Weltenherrschern, und mit einem Computer kann man nicht tanzen.

Für A.

Tag und Nacht denke ich an sie; als sie klingelt, öffne ich nicht.

Höre sie atmen vor der Tür, Tag und Nacht.

Im Wald (1)

das Reh auf einer Lichtung. Obwohl es hierbleibt, flüchtet es vor mir.

Obwohl es vor mir flüchtet, bleibe ich nicht hier.

Traurige Bilanz

Nie wollte ich so werden wie mein Vater, nie; nun bin ich so geworden, wie ich nie werden wollte.

Wenigstens ein Vater bin ich nicht geworden, dessen Sohn nicht so werden will wie er;

aber: nicht einmal Vater bin ich geworden, nicht einmal das.

Aus: Die Stadt allerdings

März
Wir stehen am Ufer der Spree, und die Schwäne schreien um Hilfe.

Mit weichem Brot stopfen wir ihnen den Schnabel.

Mai
Immer wieder hoffe ich, und immer wieder werde ich enttäuscht.

Schuld daran, daß ich immer wieder enttäuscht werde, ist nur, daß ich immer wieder hoffe.

Juli
Man verreist; man sollte nur zurückkommen, wenn man das Gefühl hat, vermißt zu werden.

Die Stadt allerdings vermißt niemanden.

Oktober
Jedes Jahr im Oktober geht die Welt unter.

Hoffentlich noch oft.

Stelle

Ich komme an einer Stelle vorbei, an der ich schon einmal gewesen bin,

und versuche mich zu erinnern, was ich damals an dieser Stelle gedacht habe.

Wahrscheinlich habe ich gedacht, daß ich bestimmt noch einmal an dieser Stelle vorbeikommen

und versuchen werde, mich daran zu erinnern, was ich damals, also jetzt, gedacht habe.

Hoffentlich kein drittes Mal.

Im Geschäft

Und plötzlich der Wunsch, zu sagen ihr, der Verkäuferin, und mitten im Verkaufsgespräch oder wie das heißt –

und man begehrt immerhin eine Waschmaschine für Tausend und etliche Euro –

wie schön sie ist, allein schon ihre Augen.

Aber man hat Angst zu verstoßen gegen die Regeln des Konsums, die da lauten: erst das Geschäft, dann das Vergnügen.

Baum

Steht herum in der Landschaft, nicht einmal in einem Garten.

Spendet keinen Schatten, hat keine Früchte, ist nicht mal schön.

Steht nur herum, ohne Nutzen.

Hilflos

Ich bin hilflos, völlig hilflos. Ich kann ja nicht einmal richtig aufstehen, denn den ganzen Tag schlafe ich, munter werde ich erst, wenn es gilt, sich abends wieder hinzulegen.

Und wie bitteschön soll ich jemandem erklären, der mir gegenübersitzt und mich fragt, was ich denke, womöglich noch über ihn, daß ich denke, wie schön es wäre, wenn er mich nicht länger fragen, sondern einfach aufstehen und gehen würde.

So geht es ein Leben lang, man ist schon geboren worden, ohne gefragt zu werden, ob man überhaupt will, und alle, die jetzt kommen, gehen davon aus, daß man etwas wollen würde, dabei will ich wirklich nur nichts. Hilflos bin ich, völlig hilflos.

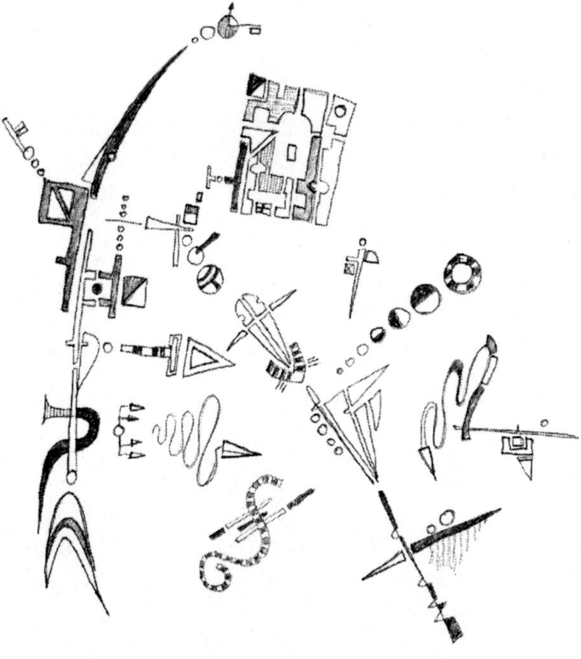

Der eine, der andere

Der eine lebte nicht, er dachte nur darüber nach,

der andere handelte, ohne darüber nachzudenken.

Sie trafen sich eines Tages.

Seitdem denkt der eine nur noch über das Leben des anderen nach,

und der andere versucht so zu handeln wie er.

Lektion

Er suchte die Liebe; sie machte ihm deutlich, daß sie bei ihr nicht zu finden war.

Jedenfalls nicht umsonst.

Vater (Begegnung 2)

Als ich einmal mit der S-Bahn fuhr, vor mich hin träumend, wie so oft, setzte ein Mann sich mir gegenüber, den ich erst auf den zweiten Blick erkannte: mein Vater.

Ich wurde verlegen, brachte kein Wort heraus, er dagegen begann in einem Ton mit mir zu sprechen, als säße er hinter seinem Schreibtisch im Büro, und ich wäre sein Mitarbeiter.

Die Fahrt dauerte eine halbe Stunde, es war das einzige Mal, daß wir uns, ohne verabredet zu sein, allein irgendwo begegneten.

Park zu Weimar

Blättriges grasiges Grün macht die wirren Augen ruhig, wenn zwei Wege ineinanderfließen,

jeder Schritt wird genossen, jedes Wort abgewogen, falls nicht die Ilm dazwischenmurmelt,

und vor Goethes Gartenhaus stehn die Leute wie beim Bäcker.

B. oder C.

Am glücklichsten sei er in B. gewesen, erklärte A., allerdings sei er nie dort gewesen.

Und am unglücklichsten in C., dort habe er sein Leben verbracht.

Sie ruft an

Sie ruft an, ich nehme ab, wir führen ein Telefongespräch.

Sie ruft an, ich nehme nicht ab; ich nehme jedenfalls an, daß sie es war, die angerufen hat.

Sie ruft nicht an, ich nehme trotzdem ab; ich nehme ihr nicht ab, daß sie nicht versucht hat, anzurufen.

Sie ruft nicht an, ich nehme nicht ab, wir telefonieren nicht miteinander.

Unter diesen Umständen sowieso nicht.

Fataler Wunsch

Im Zimmer am Fenster sitzen und die Vögel beobachten,

und nichts denken, nichts fühlen, nur die Vögel beobachten,

nicht atmen, nicht bewegen, nur die Vögel beobachten,

ja, im Grunde nicht mehr da sein, nur die Vögel beobachten –

bis sie Dir die Augen auspicken.

Auf der Pirsch

Er jagte seinem Glück hinterher, einem scheuen Tier; als er es erspähte, endlich nach vielen Jahren,

legte er an, zitternd vor Glück, muß man ihm vielleicht zugute halten, und schoß es tot.

Nicht viel

Ich öffne ein Fenster und denke, jetzt öffne ich ein Fenster, und ich gehe einen Weg entlang und sehe, wie ich einen Weg entlang gehe,

aber es bedeutet mir nichts, ein Fenster zu öffnen oder ein Weg entlang zu gehen, und ich empfinde nichts dabei.

Ich beobachte mich, und ich beobachte, wie ich mich beobachte; das ist vielleicht nicht viel, aber das ist alles.

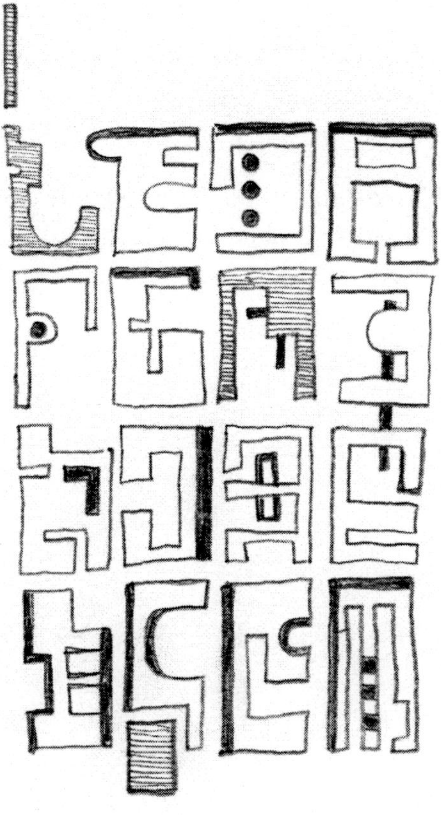

Zu Gast bei einer Dichterin

Da waren keine Erdbeeren, da waren nur Worte, und zum Kaffee gab's statt Erdbeer- Worte-Torte.

Verbotene Früchte naschen, nur auf dem Papier; ich darf sie dann (auf)lesen, gedruckt und gebunden.

Ich lag (Kyffhäuser I)

Ich lag unterm blühenden Kirschbaum, im Gras, im milden Schein der Sonne.

So hätte ich liegen bleiben können, bis ans Ende der Tage, meiner oder der des Baumes oder der der Welt.

Auf freiem Feld (Kyffhäuser II),

schutzlos ausgeliefert, zehn Meter über meinem Kopf: ein Raubvogel, kreisend, ohne Flügelschlag.

Und ich spürte deutlich, daß er mich begutachtete: Mahlzeit oder nicht?

Dankbar sah ich ihm nach, nachdem er sich entschieden hatte.

Werbebroschüre (Kyffhäuser III)

Der Mensch preist die Natur, als habe er sie erschaffen, mit Wortgeklingel.

Sein einziges Verdienst ist es, sie noch nicht vollständig vernichtet zu haben.

Irgendwann schlägt Deine Stunde

Irgendwann schlägt Deine Stunde, dem einen früher, dem andern später.

Alle sehen Dich an, ohne daß Du etwas Besonderes getan hast, nichts anderes als sonst, und sie erkennen Dich. Und Du fühlst Dich gesehen – und erkannt.

Irgendwann schlägt Deine Stunde, auch wenn es, was leider vorkommt, Deine letzte ist.

In der Stadt

Tag und Nacht lärmen die Maschinen auf der Baustelle vor dem Fenster; an Schlaf ist nicht zu denken, geschweige denn an Poesie.

Man möchte eine Bombe werfen, aber was wäre das Ergebnis: eine noch größere Baustelle mit noch lauteren Maschinen.

Porträt 2

Warum sagten Sie „Sie“ zueinander, obwohl Sie verheiratet gewesen waren? fragte ich, nachdem sie aus ihren Erinnerungen gelesen hatte.

In meiner Familie war es Tradition, antwortete sie, für ihn war es ein Spiel, wir behielten es bei...

Bis auf Ausnahmen natürlich, fügte sie hinzu, die Witwe von Isaak Babel*, Schriftsteller, dreiundfünfzig Jahre nach seinem Tod, er wurde erschossen,

und lächelte, schwer zu beschreiben wie, versonnen ist nicht das richtige Wort, vielleicht könnte man sagen: verliebt, noch immer.

*(1894-1940)

Die Schüler und der Alte

Ach ja, habt Ihr das gut, sagt der alte Mann, wenn er jeden Morgen an der Schule vorübergeht.

Ach ja, hat der das gut, sagen die Schüler, wenn der Alte jeden Morgen an der Schule vorübergeht.

Meine Landschaft

Meine Landschaft ist felsig und trocken, sie dürstet.

Aber wie soll einer überleben, der Durst hat, in einer felsigen Landschaft, die dürstet?

Begegnung 3

Mitten im Wald, der tief verschneit (wie schon lange nicht mehr), einander begegnend in eines Weges Kurve,

ich, der lauthals juchzte und sang (wie schon lange nicht mehr), und eine Frau, so an die Siebzig, die wackelig mit heißen Wangen auf mindestens so alten Skiern lief,

senkten den Blick wir, schüchtern ist noch untertrieben, als wir uns in die Augen sahen.

Zu fallen

Und er stand auf dem Balkon im achten Stock des hohen Hauses, eingekeilt zwischen Himmel und Erde,

und ein süßes Meer von Beton wogte und lockte zu seinen Füßen, und die Sirenen sangen von Ruhe und nochmals endlich Ruhe,

und springend stieg er und stieg, mit dieser teuflischen Sehnsucht im Bauch, zu fallen.

An die Betreffende

Die schönste Liebe ist die, die unerfüllt bleibt, nicht auszudenken, sie würde erwidert.

Tausend Ängste hätte man auszustehen, sie bräche wieder entzwei, und oft, fast immer, geschieht es ja auch, warum also erst damit anfangen?

Anstelle des süßen Selbstmitleides, in dem man sich eingerichtet hat, träte quälende Eifersucht, von Genuß, Erfüllung keine Spur.

Und jeder andere Mann wäre ein Konkurrent, dem man von vornherein unterlegen ist, und die schlechtesten Liebesgedichte schreiben die, die verliebt sind.

Die schönste Liebe ist die, die unerfüllt bleibt (da man sie nun einmal fühlt); höchstes Glück ohnehin, man fühlte sie nicht mehr.

Niemand kommt

Ach, niemand kommt, klage ich oft; es klopft, doch ich öffne nicht.

Wenn niemand mehr kommt, bin ich bereit, zu öffnen.

Richtigstellung

Ich bin die alte Frau, die allein in der Wohnung sitzt vor dem Fernsehapparat, die auf dem Bildschirm sind die Einzigen, die noch freundlich zu mir sind, ohne daß es etwas kostet (ach ja, die Gebühren).

Ich bin der Mann im besten Alter, der immer und überall im Mittelpunkt steht, man hängt an meinen Lippen und erwartet meine Entscheidungen, die immer richtig sind, da kann ich machen, was ich will, ich bin beliebt.

Ich bin das Kind in dem Wagen vor dem Geschäft, das nach Leibeskräften nach der Mutter schreit, die etwas einkauft (bestimmt für mich), jetzt beugt sie sich über mich und steckt mir etwas in den Mund, ich hoffe, es ist Schokolade.

Warum nur werde ich immer wieder mit der Person in Verbindung gebracht, die diese Zeilen schreibt, warum nur verlangt man von mir, Verantwortung für jemanden zu übernehmen, der ich, auch wenn es hundertmal so scheint, nun einmal nicht bin?!

Haltepunkt

Mitten auf der Straße blieb er stehen, nicht mehr wissend, wohin er (noch) gehen konnte.

Sollte er wirklich angekommen sein, hier auf der Straße, wo nichts war als fades Pflaster,

Hundekot, ein abgebranntes Streichholz, Wurstpelle, Bonbonpapier, der Abdruck eines Schuhs?

Notiz für C.

Seit Deinem Abschiedsbrief hatte ich Selbstmordgedanken.

In der Orthopädischen sah ich gestern kleine Kerls mit Krücken durch den viel zu hohen Schnee sich quälen und – sich Witze zurufen.

Schritte

Ich sehne mich, einen Weg entlang zu gehen, ich sehne mich, einen bestimmten Weg entlang zu gehen –

ich gehe diesen Weg entlang und erinnere mich, mich danach gesehnt zu haben, diesen Weg entlang zu gehen –

ich gehe diesen Weg noch einmal entlang und erinnere mich, diesen Weg schon einmal gegangen zu sein.

Ich sehne mich nicht mehr –

ich gehe keine Wege mehr –

ich erinnere mich nicht mehr.

Sommertag

Eine alte, fette Fliege auf dem Fensterbrett, die langsam verdurstet,

bunte Zettel einer Lotterieeinnahme im rostenden Briefkasten,

ein strahlend blauer Himmel, von dem gerade ein Flugzeug abstürzt,

und das Gefühl, selbst von Gott verlassen worden zu sein.

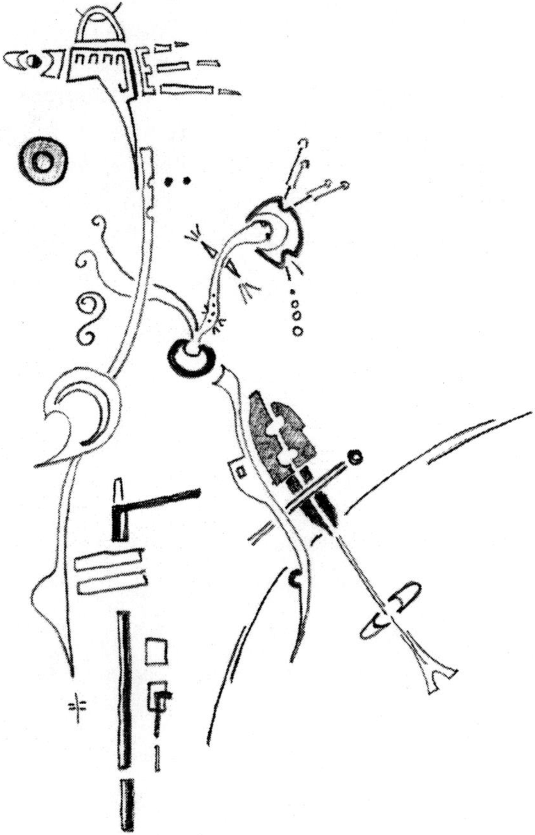

Im Pflegeheim I (Vorschlag)

Das ist ja furchtbar bedrückend hier, rief der Zwanzigjährige den Alten im Fernsehraum zu, nachdem er das erste Mal in seinem Leben durch den Korridor eines Pflegeheims gelaufen war und in eines der Zimmer hingesehen hatte, warum bringt Ihr Euch denn alle nicht einfach um?

Im Pflegeheim II (Wand neben dem Bett)

Dort hing einmal ein Spiegel, man kann es noch an den schwarzen Streifen erkennen, aber na ja, wir brauchen sowieso keinen mehr, und dort hat mal eine hingekotzt, die Flecken sind immer noch zu sehn, aber man riecht es wenigstens nicht mehr, und auf dem Foto dort, das ist meine Tochter, als sie vier Jahre alt war, sie ist mir wie aus dem Gesicht geschnitten, finden Sie nicht auch?

Im Pflegeheim III (Frau Z.)

Für die Pflegerinnen ist sie ein kleines Kind, denn sie kann nicht allein essen, außerdem macht sie ins Bett; eine blöde Kuh und eine arrogante Zicke ist sie für die anderen Bewohner, denn sie spricht nicht mit ihnen; für die wenigen Besucher ist sie anstrengend, denn sie jammert nur und ist kein bißchen nett. Sie war die schönste Frau in D., die Männer lagen ihr zu Füßen, aber ihre große Liebe war ein berühmter Maler, der sie oft porträtierte.

Wie lange

In meinem Herzen geht jeden Tag die Sonne unter, aber nie geht sie auf.

Wie lange kann ein Herz die Sonne, die nie aufgeht, aushalten? Brennt es nicht aus?

Irre Abende

Wenn es Abend wird, irren alle durch die Stadt, auf rostigen Fahrrädern oder mit der rotweißen Straßenbahn oder in ausgelatschten Schuhn.

Ihre aufgeregten Stimmen sind überall zu hören, und nirgends auch; so geht es bis in die tiefste Nacht, sie irren von Ort zu Ort.

Wer aber glaubt, sich irgendwo niederlassen zu können, auf einem Grashalm zum Beispiel oder auf dem glühenden Asphalt oder einfach nur an einem Tisch, der irrt erst recht.

Lesen

Er saß über den Büchern, während andere Mädchen küßten, und er las in Büchern, wie Mädchen geküßt wurden von Jungen, die keine Bücher lasen.

Einmal lernte er einen Jungen kennen, der Bücher las *und* Mädchen küßte, und einmal las er in einem Buch von einem Jungen, der nur über den Büchern saß.

Einmal küßte er ein Mädchen, das die gleichen Bücher gelesen hatte wie er, aber ein Mädchen, das noch nie ein Buch gelesen hatte, küßte er nie.

Bin ein

Bin ein preußischer Soldat, stehe auf meinem Posten, bei Wetter und Wind, bereit, auf ihm zu sterben.

Anstatt ihn einfach aufzugeben, zumal es ein verlorener ist, aber das kann ja jeder.

Viel brauchst Du nicht

Viel brauchst Du nicht im Alter: einen Garten mit Obstbäumen, Apfel oder Birne vielleicht, in Deiner Jugend selbst gepflanzt womöglich, darin Du wandeln kannst.

Morgens trittst Du aus dem Haus und siehst nach, ob sie noch da sind, tagsüber liegst Du in ihrem Schatten, Du darfst auch sitzen, in Deinem Alter, und abends lauschst Du dem Konzert der Vögel in ihren Zweigen.

Viel brauchst Du nicht im Alter, und zum Sterben auch nicht; fiele ein Apfel vom Baum (oder eine Birne) und erschlüge Dich, so wäre das der schönste Tod.

23. Sept., Geburtstag S.

Gestern war ich auf dem Brocken, es war neblig und kalt, doch einmal riß die Wolkendecke auf, und ich konnte S. in B. sehen.

Sie saß am Fenster und zählte ihre Jahre. Ich glaube nicht, daß sie auch nur einen Augenblick lang auf die Idee kam, gerade vom Brokken aus gesehen zu werden.

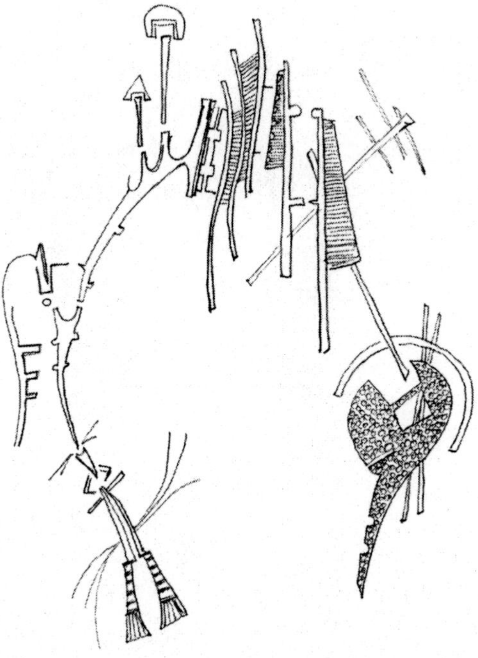

Unterwegs 2

Eine Stunde zwischen Essen und Essen; die Stadt verschwindet am Horizont, das Abendbrot wartet.

Woran denken? An Essen oder ans Essen? Oder an die Länge des Lebens?

Die Stunde zieht sich hin, der Magen knurrt, und die Gedanken fahren Eisenbahn.

Man hätte auch in Essen essen können, und im Zug verdauen. Schwer liegt die Stunde im Magen.

26.10.1994, 10 Uhr

Man sitzt voller Ungeduld und wartet auf die Lieferung von Kohlen.

Fast könnte man behaupten, man sitze wie auf Kohlen – wenn sie denn nur schon geliefert worden wären.

Aber wird man, wenn sie geliefert sind, noch auf ihnen sitzen können? So kompliziert ist das Leben.

Wenn

Wenn keine Hoffnung mehr besteht,

wenn keine Hoffnung auf Hoffnung mehr besteht,

wenn keine Hoffnung mehr besteht, jemals wieder Hoffnung auf Hoffnung zu haben –

dann endet das Abenteuer, oder es beginnt.

Aber was habe ich?

Der eine hat Sehnsucht nach Italien, der andere hat ein schnelles Auto, und der nächste hat undankbare Kinder –

aber was habe ich?

Der erste hat seine Arbeit verloren, der zweite hat sein Vertrauen verloren, und der dritte hat seinen Ring verloren –

aber was habe ich?

Annette hat eine Perlenkette, Stefan hat ein buntes Hemd an, und Uta hat einen Computer –

aber was habe ich?

Der Abend hat gefallen, der Abend hat nicht gefallen, und die Katze hat in den Flur geschissen –

aber was habe ich?

Drei haben Skat gespielt, zwei haben sich geküßt, und einer hat sich umgebracht aus lauter Verzweiflung –

aber was habe ich?

Dieser hat eine Kur beantragt, jener hat eine Nichte in Jena, und die Nichte hat sich –

aber was habe ich?

Viele behaupten

Viele behaupten, sie kennen die Wahrheit, und viele bezichtigen andere der Lüge.

Ich kann den Worten nicht mehr vertrauen, den gesprochenen nicht, und nicht den geschriebenen. Kann ich denn sicher sein, daß ich mich nicht selbst betrüge?

Wo beginnt die Wahrheit, wo endet die Lüge? Es gibt keine Grenzen mehr.

Zurück

Kaum haben wir die Wohnungstür aufgeschlossen und die Koffer im Korridor abgestellt, klingelt das Telefon, und wir nehmen mit der einen Hand den Hörer ab, unseren Namen nennend, während wir mit der anderen Hand unseren Mantel aufknöpfen,

doch niemand meldet sich, nur das Rauschen in der Leitung ist zu hören, hallo, sagen wir, hallooo, noch nicht so recht bei der Sache, und unter Verrenkungen streifen wir den Mantel ab und lassen ihn auf den Fußboden gleiten wie eine Schleppe, und wieder keine Antwort,

ja wer ist denn dort?! rufen wir jetzt, ungeduldig werdend, in die Muschel hinein, und auch ein wenig unheimlich ist uns zumute, aber das wollen wir nicht zeigen, deshalb rufen wir noch lauter: hallo, hallooo, und wieder keine Antwort, doch wir wissen jetzt, wer dort ist.

Zigarettenverkäuferin

Geschickt, wie sie das Geld wechselt, dabei die ovalen Lippen spitzt, die Zöpfe schmeißt, Tabakgeruch an allen Ecken der Verpackung, manche Männer sagen, sie könnten sie aufrauchen.

Die Finger flink wie das Mundstück, zigarrenförmig die Beine (mit dem leichten Aroma), die Augenringe reichen zum Vorteil; es heißt, sie mache das Geschäft ihres Lebens.

Das Leben

Schön Scheiße Fetzig Zu kurz Bitter Herrlich Finster Erhebend Leidlich Sensationell Desillusionierend Emphatisch Metaphysisch Tomatenrot Behaart Staubig Schippig Amolan Lol Bregzn Ranolr...

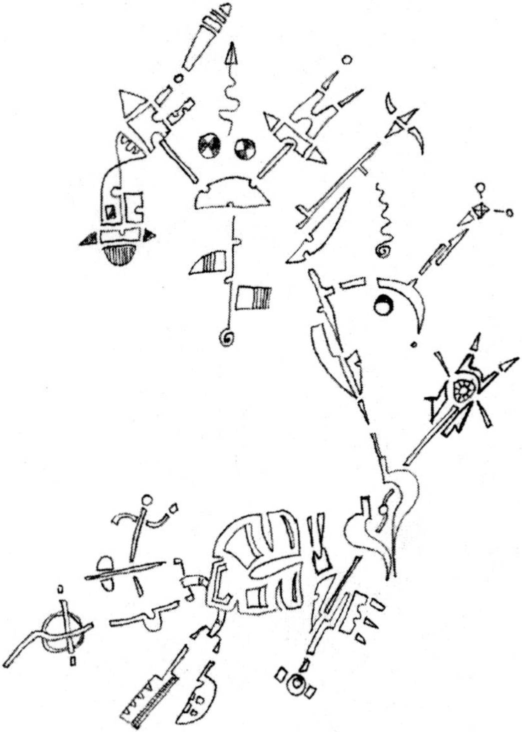

Aushalten

Aushalten, immer nur aushalten.

Aushalten, durchhalten, haushalten, den Druck, die Schmerzen, die Situation.

Irgendwann beiß' die Zähne hoffentlich, mit den Kräften, mit der Zeit.

Haushalten, durchhalten, aushalten, immer nur aushalten.

(Applaus erhalten.)

Auf der Wiese I

Eine Spinne, langbeinig, hangelt an einem Grashalm empor.

Und überhaupt, Du bist an allem Schuld! fauche ich sie an.

Auf der Wiese II

Mit knurrendem Magen liege ich auf der Wiese hinter dem Haus und warte, daß die Mutter ein Fenster öffnet und ruft: Komm herein, der Tisch ist gedeckt!

Seit Jahren schon.

Auf der Wiese III

Ein Käferlein, fingernagelgroß, krabbelt auf meinem Bauch.

Kannst Du nicht die Verantwortung für mich übernehmen? flehe ich ihn an.

Auf der Wiese IV

Ich habe mich ins Gras gelegt, so daß mich niemand sehen kann; in den nächsten zwei Stunden wenigstens kann mir nichts passieren, denke ich.

So lebe ich seit Jahren, im hohen Gras versteckt.

Beichte

Es kommt alles ans Tageslicht, ob wir es wollen oder nicht, aber wenn es ans Licht gekommen ist, wissen wir nicht, ob es alles gewesen ist – oder nicht.

Jeder hat eine Leiche im Keller, ob er es zugibt oder nicht, aber keiner wird verraten, wo sein Keller ist, oder daß er selbst die Leiche ist – in irgendeinem Keller.

Es kommt alles ans Tageslicht, ob wir es wollen oder nicht; Leichenkeller, Kellerleichen, lieber Gott, gib mir ein Zeichen, daß es Dich gibt – aber auch, wenn nicht.

Im Wald 2

Was suchst Du immer wieder im Wald, was hoffst Du darin zu finden? Einen kostbaren Schatz, eine unbekannte Tierart, eine einsame Elfe am dunklen Teich?

Im besten Falle findest Du Dich selbst, Du unbekannte Tierart, kostbarer Schatz, Elfe Du und Teich.

Kreuzung

Sie ging seinen Weg, er den ihren.

Als sie sich begegneten, bemerkten sie, daß sie auf den falschen waren,

und als sie sich trennten, fanden sie sich.

Städtevergleich

In Bamberg verlor ich meine Unschuld, warum gerade dort? Nun, es hätte genausogut in Magdeburg oder in Salmrohr geschehen können, ich befand mich zufällig an diesem Ort.

Nun denke ich immer an Bamberg, und daran, wie ich meine Unschuld verlor. Ich würde genauso an Magdeburg denken, wenn es dort geschehen wäre, oder an Salmrohr.

Vielleicht lag's aber auch wirklich an Bamberg, am Zauber dieser Stadt, den Salmrohr zum Beispiel nicht hat, und Magdeburg auch nicht.

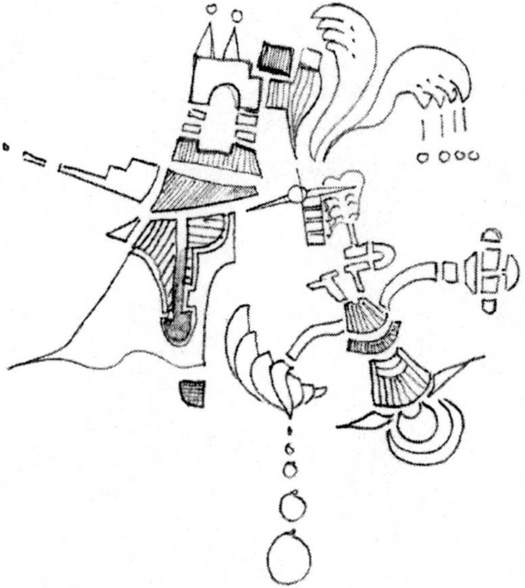

Tot oder lebendig

Jede Nacht starb er (oder etwas in ihm), und irgend etwas holte ihn wieder ins Leben zurück, aber was?

Eines Abends rief ihn eine junge schöne Bekannte an, und sie verabredeten, daß sie gleich noch zu ihm kommen würde.

Da freute er sich auf die Nacht und war bereit zu sterben, für sie.

Denken an G. oder Der Chronist

Sie ist eine Frau, in die sich jeder Mann spontan verliebt.

Ich nicht, ich zähle die Leichen.

Dichter, verzage nicht

Man muß nicht alles haben wollen im Leben, ob man nun den Literaturnobelpreis zugesprochen bekommt, oder ob sich die Kellnerin um fünfzig Cent zu Deinen Gunsten verrechnet, die Freude ist die gleiche.

Im Gegenteil, den Preis kann man nur einmal erhalten, Kellnerinnen aber, die sich verrechnen, gibt es häufiger, außerdem haben sie oft einen schönen Busen oder Po, der Nobelpreis aber nicht.

Begegnung 4

Von harter Bank im Bahnhof aufgestanden nach durchfrorener Nacht, stinkend, in Lumpen gekleidet, nicht mehr der Lage, um etwas zu bitten,

siehst Du Dich auf Dich zukommen,

nach einer Nacht im warmen Bette (an der Seite einer schönen Frau), nach Rasierwasser duftend, im feinen Zwirn, auf dem Weg ins Büro, zu allem in der Lage.

Nirgendwo

bin ich zuhaus, also richte ich mich ein, denn wer will nicht gern zu Hause sein.

Besser nirgendwo als überhaupt nicht.

Nicht länger an M.

Und man versucht zu begreifen, man wird nicht geliebt, aber man wird nie begreifen, warum.

Hielte man sich nicht für liebenswert, so könnte man gleich abtreten von der Bühne.

So aber hat die Natur oder wer auch immer uns eingerichtet mit Begriffsstutzigkeit, damit wir weiterspielen können in dem großen Theater.

Das dient nur unserem Schutz, denn ein anderes Theater gibt es nicht.

Abbitte

Entschuldigt, daß ich lebe, ich weiß, ich habe kein Recht, in einem Raum zu sein mit Euch, an einem Tisch.

Darum muß ich täglich beweisen, mit besonderer Artigkeit, daß ich es verdiene, von Euch geduldet zu werden.

Ja, geduldet zu werden, mehr kann ich nicht verlangen, denn ich habe die Stirn (beziehungsweise die Lunge), die Luft Euch wegzuatmen.

Wandel

Seine Vorstellung von Glück früher: mit der Gitarre auf einer Bühne stehen, laute Musik spielen, unten im Saal jubeln die Massen.

Seine Vorstellung von Glück heute: in einem Garten unter Bäumen sitzen, dem Konzert der Vögel lauschen, innerlich jubelnd.

Einzig alles

Er schrieb Gedichte, aber das ist erst der Anfang.

Er schrieb seine Gedichte selbst, aber das ist noch nicht alles.

Er veröffentlichte seine Gedichte in seinem eigenen Verlag, aber das ist noch nicht alles.

Er schrieb die Kritik über seine Buchveröffentlichung selbst, aber das ist noch nicht alles.

Er veröffentlichte die Kritik in einer Zeitung, die er selbst herausgab, aber das ist noch nicht alles.

Er war der einzige, der die Zeitung abonniert hatte, aber das ist noch nicht alles.

Er war der einzige, der die Kritik über sein Buch las, aber das ist noch nicht alles.

Er war der einzige, der das Buch gekauft hatte, aber das ist noch nicht alles.

Er war der einzige, der seine Gedichte las, aber das ist noch nicht alles.

Er war der einzige, der wußte, daß er Gedichte schrieb, aber das ist noch nicht alles.

Er war der einzige, der Gedichte schrieb, aber das ist noch nicht alles.

Er war der einzige, der wußte, was ein Gedicht war, aber das ist noch nicht alles.

Er war der einzige, der überhaupt etwas wußte, aber ich glaube, jetzt reicht es.

Die Königin

Es dämmert, und die Leute kehren heim, bepackt mit Sorgen und mit Einkaufstaschen.

Innenhofquadrat, umstellt von achtstockhohen Blöcken, ein dürrer Baum, auf dessen Spitze eine Amsel sitzt.

Mattscheiben flimmern auf, Tische werden gedeckt, Tascheninhalte verteilt (die Sorgen bleiben).

Die Amsel singt, für wenige Minuten beherrscht sie alles.

Sein Lebensziel:

der schönste Platz auf dem Friedhof. Gleich neben Fontane.

Das ganze Alphabet

X. dachte bereits ans Sterben, während Y. noch einmal Vater wurde.

A. sprach dreimal täglich das Vaterunser, B. schob ebensooft den Kinderwagen.

M. liebte Kinder und mied sie deshalb, N., dem sie auf die Nerven gingen, hatte täglich mit ihnen zu tun.

S. hatte als Mann noch ein kindliches Gemüt, während T. schon früh erwachsen werden mußte.

E. hatte keinen Vater, der war gestorben, noch vor seiner Geburt, F. dagegen zwei, den leiblichen und den neuen Freund seiner Mutter.

O. liebte sein Vaterland, aus dem man ihn vertrieben hatte, P. wiederum haßte es, kam aber nicht heraus.

L.'s Frau behandelte ihn wie ein Kind, aber er behandelte sie ja auch wie seine Mutter.

I. wünschte sich Kinder, bekam aber nur eine Modelleisenbahn, und J.'s Kinder besuchten ihn regelmäßig, um mit ihr zu spielen.

Alles dreht sich um nichts

Alles dreht sich um nichts: kalter Kaffee, dünner Tee, Schnee von gestern, das Wetter von morgen, Glück und Poesie.

Glück? Der eine trinkt Regen, am liebsten, wenn er noch warm ist, und der andere liebt es, durch kalten Kaffee zu laufen.

Alles, wenn Du nichts hast, nichts, wenn alles? Glück am Spieß, dreh mit, aber nicht durch.

Letzte Worte

Alles ist gesagt, nur wenige hörten zu, niemand wollte es wissen.

Was bleibt, ist die Erinnerung an den Versuch, allen alles zu sagen.

Ansonsten alles, wie es war, aber nie sein sollte.

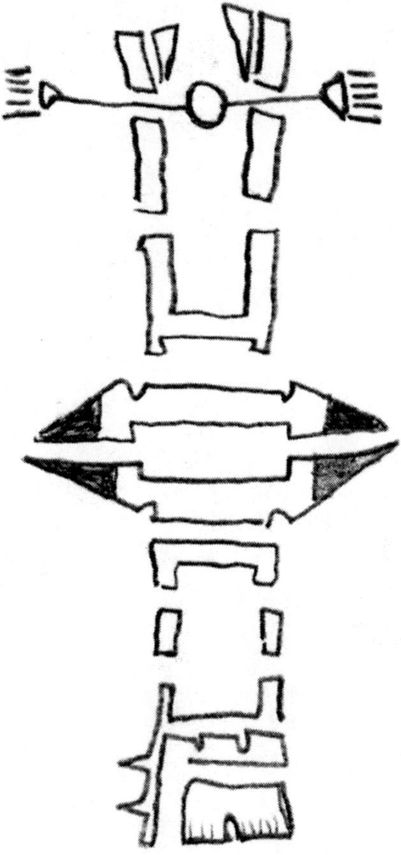

Inhalt

Bibliographische Information: Die Deutsche Bibliothek
Die Deutsche Bibliothek verzeichnet dieses Buch in der deutschen Nationalbibliographie, detaillierte Angaben sind über http://dnb.ddb.de erhältlich

ISBN 978-3-86660-049-2

Zur Förderung der Literaturszene unterstützen wir:

Lektorat: Martha-Elena Beckhoff
1. Auflage, printed in Germany

Brockhausstr. 56, D-04229
Leipzig
Tel.: (+49) / 0341 / 3011 - 430
Fax: (+49) / 0341 / 3011 - 431
eMail: mail@erata.de

Unser gesamtes lieferbares Programm und viele weitere Informationen finden Sie unter **http://www.erata.de**

Réalisation Pao : Dominique Guillaumin

Achevé d'imprimer
par CPI-Hérissey
à Évreux (27000)
en octobre 2009.
Imprimé en France.

Dépôt légal : octobre 2009
N° d'imprimeur : 112424

161853

Le goût de Tanger
Le goût du Tibet
Le goût de Tokyo
Le goût de Toulouse
Le goût de Trieste
Le goût de Tunis
Le goût de Turin
Le goût de Venise
Le goût du Vietnam
Le goût de Vienne

Le chant des villes
Le (dé)goût de la laideur
Le goût de l'amour
Le goût du café
Le goût des chats
Le goût du cheval
Le goût des chiens
Le goût du chocolat
Le goût du ciel
Le goût du cinéma
Le goût de la danse
Le goût des déserts
Le goût du football
Le goût des jardins
Le goût du jazz
Le goût de la marche
Le goût de la mer
Le goût des parfums
Le goût de la pêche
Le goût de la révolte
Le goût de la rose
Le goût du rugby
Le goût du sexe
Le goût du thé
Le goût du théâtre
Le goût du voyage